NAUFRAGE

DU

JEUNE-LÉON

POÈME EN 3 DRAMES

PAR

J. BARBIER

Ex-professeur d'anatomie à l'hospice de la Charité de Lyon ;
Ex-maire et médecin du Fondouck ;
Lauréat, second prix et membre d'honneur des
concours poétiques de Bordeaux ;
Inscrit, pour y prendre rang, sur l'Album de la Société des
Gens de lettres de Paris ;
Membre fondateur de la *Revue française*, fondée le
15 mai 1875 ;
Dignitaire des Chevaliers sauveurs et savants de Montréal ;
Membre d'honneur de l'Institut Confucius, de France ;
Membre fondateur de la Société de secours mutuels
Saint-Jean-Porte-Latine.

SE VEND DANS LES KIOSQUES, AU PROFIT DES PAUVRES, 1 FR

ALGER

IMPRIMERIE DE L'ASSOCIATION OUVRIÈRE, V. AILLAUD ET Cie
Rue des Trois-Couleurs, 19.

1875

NAUFRAGE

DU

JEUNE·LÉON

DU HAVRE

SE VEND DANS LES KIOSQUES, AU PROFIT DES PAUVRES, 1 FR

NAUFRAGE

DU

JEUNE-LÉON

POÈME EN 3 DRAMES

PAR

J. BARBIER

Ex-professeur d'anatomie à l'hospice de la Charité de Lyon ;
Ex-maire et médecin du Fondouck ;
Lauréat, second prix et membre d'honneur des
concours poéliques de Bordeaux ;
Inscrit, pour y prendre rang, sur l'Album de la Société des
Gens de lettres de Paris ;
Membre fondateur de la *Revue française*, fondée le
15 mai 1875 ;
Dignitaire des Chevaliers sauveurs et savants de Montréal ;
Membre d'honneur de l'Institut Confucius, de France ;
Membre fondateur de la Société de secours mutuels
Saint-Jean Porte-Latine.

ALGER

IMPRIMERIE DE L'ASSOCIATION OUVRIÈRE, V. AILLAUD ET Cⁱᵉ
Rue des Trois-Couleurs, 19.

1875

PRÉFACE

Depuis longtemps, mes amis me conseillent de publier une seconde édition du Naufrage du *Jeune-Léon*. Après bien des hésitations, et leurs conseils réitérés, je me rends à leurs vœux.

Médecin à bord du *Jeune-Léon*, il me fut permis d'apprécier les malheurs survenus à bord de ce bâtiment qui faillit vingt fois s'engloutir dans les vagues.

Amarré sur le pont, ainsi que les hommes de l'équipage et un ecclésiastique, il me fut impossible de donner mes soins aux nombreux blessés que les vagues, le roulis et le tangage entraînaient et entassaient tour à tour à babord et tribord.

Je puis assurer que les détails que je donne de cet épouvantable naufrage, ne sont nullement exagérés, ce qui, d'ailleurs, me serait impossible.

Pour engager le public à lire la seconde édition de mon poème, je cite l'appréciation qu'un homme de lettres a faite de mon œuvre.

APPRÉCIATION

Empruntée au journal l'Akhbar

Du 28 janvier 1866

« Si je suis bien renseigné, comme chroniqueur, on m'a annoncé qu'une pièce en vers avait été déposée à notre Théâtre impérial pour y être jouée ; elle aurait même été acceptée par notre directeur, ce qui peut nous permettre de croire à quelque succès.

» Cette pièce est, dit-on, à l'étude : nous le souhaitons ; depuis longtemps Alger n'avait produit un pareil chef-d'œuvre ; elle est composée, m'a-t-on dit, par un Algérien, depuis longtemps fixé, par sa position, dans notre ville. — L'auteur, dont je ne connais pas les antécédents, promet beaucoup pour l'avenir de la poésie française. Il est, malheureusement, d'un âge assez avancé, — C'est M. Jean Barbier, ancien médecin de colonisation, je crois, et l'auteur du poème des *Crimes de* 93. — J'ai eu le plaisir de lire dernièrement un poème historique sur le Naufrage du *Jeune-Léon*, du Havre ; si mon jugement pouvait avoir quelque autorité, je me permettrais de dire que ce poème est ravissant ; mais l'opinion publique en pourra juger dans quelque temps. »

NAUFRAGE

DU

JEUNE-LÉON

DU HAVRE

1er DRAME

Toi qui vis avec moi ce terrible naufrage (1),
Pour le décrire, ô Muse ! arme-toi de courage,
Prends ton manteau de deuil, viens, j'ai besoin de toi
Pour diriger ma main qui tremble encor d'effroi.

Partons, *Jeune-Léon*, file; fais diligence
Et quittons le Brésil pour retourner en France.
Ma patrie est la tienne, où nous serons, je crois,
D'après ton capitaine, arrivés dans trois mois,
Si des vents infernaux, sortant de leurs repaires,
Que je crains en partant, ne nous sont pas contraires.
Enfin, selon nos vœux, Rio, tintant minuit,
Nous voit et lever l'ancre et démarrer sans bruit.

---

(1) L'auteur du poème était alors médecin à bord du *Jeune-Léon* du Havre.

Nous naviguons heureux... La brise matinale,
Qui rafraîchit déjà la zone tropicale,
Pousse notre *Léon* qui file, tour à tour,
Huit ou dix nœuds par heure et la nuit et le jour.
Le vent marche plus vite et la vague houleuse
Vomit en tournoyant sa bave savonneuse.

Les rayons du soleil tombaient déjà d'aplomb
Sur nos mâts agités et l'abîme profond,
Alors qu'une hirondelle, égarée, éperdue,
Voltigeant en tous sens, se présente à ma vue.
L'habitante des airs rôde péniblement,
N'osant nous approcher, autour du bâtiment
Et par dessus nos mâts qu'elle effleure de l'aile,
Sans oser s'y percher... Salut, belle hirondelle,
Lui dis-je en l'admirant, es-tu seule? dis-moi,
Je ne vois voltiger nul être autour de toi.
Quel est donc le hasard ou les causes fatales
Qui dirigent ton vol sur ces mers tropicales.
Le vent, ainsi qu'un loup qui poursuit un agneau,
T'a fait perdre et quitter ton modeste troupeau,
Et, désormais, ton vol, sans point fixe, sans doute.
Faible, mal assuré, t'éloigne de ta route.

Peut-être aussi, la faim, la soif et la douleur,
Ainsi que trois vautours, se disputent ton cœur.
Ah! que tu dois souffrir, la soif est si cruelle!
Tu vas mourir de faim, malheureuse hirondelle!
Car nulle mouche ici ne voltige dans l'air.
Tu ne peux assouvir ta soif au lac amer,
Et la terre est si loin! plus loin que les nuages

Où le Styx fait camper les démons des naufrages...
Que je serais heureux de pouvoir t'assister !...

Tiens, regarde ma main qui va t'orienter,
Prends la direction que mon doigt te désigne ;
Tu trouveras, bien sûr, l'Afrique en droite ligne :
C'est un des continents où les hivers sont doux,
Qui te convient le mieux et le plus près de nous.
Mais pour y parvenir, hélas ! pauvre hirondelle,
Il te faut plus d'un jour d'un vol à tire d'aile !
Es-tu sûre, en chemin, de trouver des vaisseaux
Où tu puisses, la nuit, prendre un peu de repos ?
Écoute, je ne vois qu'un moyen efficace
Qui puisse te sauver du sort qui te menace ;
Je vais te l'indiquer, avance, approche un peu...

Il fait bien chaud, bien chaud ! l'atmosphère est en feu.
Midi n'est plus à toi, le soleil tombe, baisse,
Ton vol mal assuré, cache mal ta faiblesse...
Quelques heures encore, et puis l'obscurité..
Accepte les secours de l'hospitalité.
Notre *Jeune-Léon*, qui brave les orages,
T'offre, pour sommeiller, ses mâts et ses cordages ;
Tu dois donc prudemment, ce soir, t'aménager
Sur les mâts du *Léon*, sans crainte et sans danger.
Tu n'as qu'un ennemi sur le bord qui t'épie ;
Ne crains rien de sa dent ni de sa griffe impie,
Ainsi que mes amis, je veillerai sur toi.
Viens, viens, suspends ton vol, descends, obéis-moi...

Il doit pleuvoir ! Ce soir, à tes ailes tendues,
Des gouttelettes d'eau resteront suspendues ;

Là, sans te déranger, tu pourras les saisir
Et te désaltérer selon ton bon plaisir.
Des insectes volants, demain, sur la mâture,
Peut-être t'offriront une riche pâture.

Repose, en attendant, repose-toi, demain,
Plus forte, tu pourras poursuivre ton chemin.
Avance, ne crains rien, ma main n'est pas traîtresse :
Je voue un certain culte à toute ton espèce.
Ton amour maternel, ton amour conjugal,
La douceur de tes mœurs, de ton chant matinal,
Ton vol audacieux qui te transporte aux nues
Et tant d'autres vertus qui nous sont inconnues,
Te rendent ici-bas l'idole des humains
Chez qui pour toi la poudre est muette en leurs mains.

Ne viens-tu pas de France ? Oui, sans doute, et peut-être
Mon cher fils, à Lyon, sous son toit t'a vu naître.
M'aime-t-il bien, mon fils ? Parle-moi de sa sœur,
De tous mes bons amis, que je porte en mon cœur ;
De tous mes bons parents, de toute ma famille
Et surtout parle-moi, parle-moi de ma fille
Qui peut-être à genoux, dans sa fervente foi,
Prie en ce moment même et fait des vœux pour moi.
Prie, ma chère enfant ! dans un instant, peut-être !...
Je suis triste aujourd'hui comme on ne saurait l'être !
Un noir pressentiment... Pourtant, le temps est beau.
N'importe, je suis triste et noir comme un tombeau !
Des craintes, malgré moi, torturent ma pensée,
Mes membres sont tremblants, ma poitrine oppressée.
Viens, viens, petit oiseau, tu le vois, il fait nuit.

Evite, en t'abritant, la mort qui te poursuit.
S'abattant sur un mât, l'innocente hirondelle
S'y cramponne et s'endort la tête sous son aile.

2ᵉ DRAME

Attends, petit oiseau, ne t'endors pas encor ;
Je vois que l'équipage est triste à notre bord,
Quelque chose dans l'air, de sinistre présage,
Agite nos marins et crispe leur visage.
Les vois-tu s'agiter, mornes, silencieux,
Examiner la vague et consulter les cieux !...

Je ne vois, cependant, je ne vois rien encore,
Qu'un point noir dans le ciel que le soleil colore.

Le ciel est sans brouillard.. et le vieil Océan,
Qui dort autour de nous, n'a rien de menaçant.
D'où vient donc ma terreur que rien ne justifie ?...
Mais d'où vient donc aussi que Médor hurle et crie
Que ses yeux sont hagards ? qu'il tremble à chaque pas,
Et que le chat du bord se sauve sur les mâts ?

Je ne vois, cependant, je ne vois rien encore,
Qu'un point noir dans le ciel que le soleil colore.

Les chefs sont à leur poste, et chaque matelot
N'attend, pour manœuvrer, qu'un signe, qu'un seul mot.
Le commandant pàlit, gronde, menace, jure,
Ordonne, en blasphémant, de rouler la voilure.

Grand Dieu ! douze requins, suivis de gros serpents,
Viennent pour nous offrir des tombeaux palpitants.

Je ne vois cependant, je ne vois rien encore,
Qu'un point noir dans le ciel que le soleil colore.

Mais le point noir grossit, blafarde l'horizon.
La nuit succède au jour sur l'abîme profond,
Le vent devient plus fort et la vague agitée
Balance avec fureur son écume argentée ;
La manœuvre commence, on revire de bord.
Le ciel devient plus noir, le vent toujours plus fort,
L'éclair, en serpentant, brûle, enflamme l'espace.
On dirait que l'enfer s'ébranle et se crevasse,
Qu'il veut avec sa lave engloutir l'univers,
Pour donner plus d'espace au gouffre des enfers.
Vois-tu, petit oiseau, le démon des tempêtes
Soulever l'Océan et planer sur nos têtes ?
Eh bien ! c'est de son flanc que l'enfer va sortir
Pour nous réduire en cendre et nous anéantir.

Mais un double arc-en-ciel éventre le nuage...
Fais que ce signe, ô ciel ! soit d'un heureux présage.
Mais son cercle se rompt, pâlit dans le lointain.
C'en est fait, à nos yeux, le tonnerre l'éteint.

Que vois-je à l'horizon, sous ce nuage sombre ?
Ciel ! c'est un bâtiment qui naufrage, qui sombre (1) !

---

(1) Ce bâtiment portait le pavillon américain ; nous apprîmes, plus tard, que quatre bâtiments avaient péri le même jour, dans les mêmes parages et aux mêmes heures.

Je ne l'observe plus... Son flanc paraît encor...
Il se redresse : hélas ! la foudre tombe à bord !...
La vague l'engloutit ! C'en est fait du navire.
Dans son flanc submergé personne ne respire ;
Pourtant, les passagers sous l'eau vivent encor.
Je les vois, en effet, poursuivis par la mort,
Chercher, en étouffant, l'étroite et seule issue
Que tout un océan ferme et cache à leur vue.
Je crois les voir se tordre et s'entre-déchirer,
Chercher, mais vainement, de l'air pour respirer.
En effet, vainement leur poitrine s'agite,
A la place de l'air, de l'eau s'y précipite,
En ressort avec force, y rentre avec fureur !...
Grand Dieu ! fais donc cesser ce spectacle d'horreur !
Un quart d'heure s'écoule et ne vois rien paraître,
Étouffés par les flots, ils ne doivent plus être...
Je suis moins tourmenté. Les morts ne souffrent plus!..
Que le ciel les reçoive au nombre des élus !

Vois-tu, petit oiseau, vois-tu la même trombe
Qui vient, à notre tour, nous creuser une tombe?
D'où viennent ce déluge et ces montagnes d'eau
Qui roulent des corps morts et des mâts de vaisseau?...
Est-ce le ciel qui tombe ou la mer qui s'élève :
Quel tonnerre effrayant ! c'est donc le Styx qui crève !
O ! Dieu ! qui pouvez tout, hâtez-vous d'en finir !
C'est nous tuer cent fois pour nous faire mourir !

Mais l'orage est moins fort. sa fureur diminue,
Les flots, moins agités, s'éloignent de la nue,
Et le vaisseau penché, renversé sur babord,

Moins tourmenté, se hisse et se relève encor.
L'orage est-il fini ? non, ce n'est pas probable :
Car le ciel est taché d'un pourpre épouvantable,
Et le ban de requins, qui nous poursuit toujours (1),
Compte instinctivement le dernier de nos jours.

Et toi, petit oiseau, qui reçus de la vie,
Cet instinct merveilleux auquel je porte envie,
Qui ne trompe jamais tes calculs innocents,
Qui soumet l'avenir au calcul de tes sens,
Qui te fait pressentir les heures des orages,
Qui te tient cramponné, ce soir, à ces cordages,
Qui te permet de lire enfin dans l'avenir,
Dis-nous, petit oiseau, qu'allons-nous devenir ?

3ᵉ DRAME

Dans quel état, grand Dieu ! se trouve l'équipage !
Plusieurs de nos marins manœuvrent à la nage.
Une trombe au flanc creux, revenant de nouveau,
Fait tourner en tous sens la vague et le vaisseau.
Le pont est balayé, les vivres, l'eau potable
Vont servir de pâture au gouffre épouvantable ;
Deux mâts sont ébranlés ; le navire fait eau
Et l'enfer nous prépare un déluge nouveau.

---

(1) Les requins étaient au nombre de onze, dont un s'empara du chien du bâtiment qui fut emporté par une vague.

A deux genoux, mon Dieu ! nous te demandons grâce !
Enchaîne de nouveau la mort qui nous menace.

Le troupeau de requins, qui nous poursuit toujours,
Compte instinctivement le dernier de nos jours.
Quels dégoûtants tombeaux ! horribles funérailles !
Déjà le sang du bord réchauffe leurs entrailles !
Car nous cherchons en vain notre pauvre Médor,
C'est un ami de moins que nous avons à bord.

Mais le vent du désert, précurseur des orages,
Ainsi que des serpents, siffle dans nos cordages.
Une voile se rompt, le vent nous vient de bout ;
La mer s'embarque à bord, les mâts craquent partout.

Mon Dieu ! nous invoquons ta bonté paternelle !
Fais sur nos mâts brisés tinter l'heure éternelle,
Enterre-moi, mon Dieu ! sous leurs pesants débris,
Si ma mort peut sauver mon âme et mes amis.

Oh ! pardonne, ô mon Dieu, pardonne, je te prie,
Au râle convulsif de ma longue agonie,
Que l'instinct de la vie arrache avec fureur,
Malgré moi, de mon âme et du fond de mon cœur !
Eh bien ! frappe, mon Dieu ! comptant sur ta promesse,
Je ne mourrai qu'un jour pour revivre sans cesse.
Plein de cette espérance et de ton souvenir,
Je mourrai sans murmure et même avec plaisir.

Un calme affreux d'une heure, accorde à l'équipage
Un repos qui lui rend la force et le courage.

Les pansements sont faits, le sang ne coule plus,
Trois mâts ont remplacé nos trois mâts vermoulus...
Échauffé par le vin, l'équipage s'apprête
A braver de nouveau la nouvelle tempête.
Notre chef, prévoyant quelques nouveaux dangers,
Convoque sur le pont le ban des passagers,
Et, d'un air furieux, en grondant, les exhorte,
Sous peine de mourir, de lui prêter main forte,
Et donne à chacun d'eux, un mot d'ordre, un signal
Qui doivent les guider dans le moment fatal.

Les femmes, les enfants, dont la vue importune,
Sont enfermés sous clef dans la chambre commune.
Là, leurs gémissements, leurs pleurs et leurs sanglots,
Ne parlent qu'à la tombe et restent sans échos !

Mais, de nouveau, l'éclair enflamme l'étendue,
La foudre, en éclatant, fend et brûle la nue...
La rafale est horrible, et des montagnes d'eau,
Tombant du haut du ciel, écrasent le vaisseau !
Quatre de nos marins sont placés à la barre.
Commandant, passagers, tout le monde s'amarre.
Chacun de nous, enfin, soumis et résigné,
Se trouve sur le point qui lui fut désigné.

Quel roulis effrayant ! quels éclairs, quelle averse !
Le navire fait eau, se penche, se renverse,
Descend avec les flots dans le gouffre profond,
Remonte en se tordant, pour former un grand mont.
Le phosphore marin et s'enflamme et pétille,
Le navire effrayé se dresse sur sa quille...

En vain le porte-voix résonne avec éclat !
L'on n'entend qu'un bruit sourd que l'on ne comprend pas.
Tout se renverse à bord ! Dans ce désordre extrême,
Le navire est livré sans manœuvre à lui-même !
Et le ban des requins, qui nous poursuit toujours,
Compte instinctivement le dernier de nos jours !

La chambre se remplit, l'eau monte à la serrure.
On cherche en vain la clef, la hache fait fracture ;
Les passagers tremblants, attirés par des cris,
S'assemblent pour sauver leurs femmes et leurs fils.
Pêle-mêle on recherche, on se heurte, on s'appelle.
Les regards sont plongés dans la chambre mortelle,
Mais il manque un enfant qui dormait au berceau ;
Le père, au désespoir, plonge, cherche dans l'eau,
Retrouve son trésor, le retire de l'onde ;
Mais le pauvre innocent n'était plus de ce monde.
N'en étant pas certain, étendu sur mon bras,
Je frictionnais son corps vingt fois de haut en bas.
O ! bonheur imprévu, son pouls semble renaître,
C'est une illusion qui m'abuse peut-être...
Ce n'est pas une erreur, l'enfant respire encor :
L'existence l'arrache au sommeil de la mort,
L'enfant vomit de l'eau, puis enfin il respire ;
Sa mère, de bonheur, et sourit et délire.
Mais hélas ! une vague en traversant le pont,
Entraîne notre enfant dans le gouffre profond,

Un cyclone marin, brûlant la vague amère,
Me hume et me vomit à côté de sa mère.
Ensuite, balançant en tous sens notre corps,

Nous roule, avec fureur, de tribord à babord,
Enfin, notre victime et sanglante et meurtrie,
Se soustrait à la mort qui convoitait sa vie.
Mais son cher fils n'est plus ! faisons-lui nos adieux :
C'est un ange qui va nous annoncer aux cieux,
Calme ton désespoir, ô mère infortunée (1),
Respecte les arrêts de notre destinée,
La pitié, selon Dieu, dans les dangers pressants,
Doit oublier les morts pour sauver les vivants.

D'où vient donc cette trombe et ces cris de détresse ?
Le vaisseau cède-t-il à la mort qui le presse !

Dieu ! quel horrible choc ! le gouvernail se rompt,
Deux de nos matelots sont manquants sur le pont,
Deux hommes à la mer ! oh ! tempêtes horribles !
Hélas ! tous nos secours deviennent impossibles,
L'un d'eux surnage encore, l'autre ne paraît plus !
Tu fais, pauvre Colin, des efforts superflus !
Prie du fond du cœur, prie, mon ami, prie,
Ton bon ange t'attend dans la sainte patrie,
Où nous irons bientôt, naviguant sans espoir,
Emportés par les flots, te rejoindre ce soir.

(1) Cette mère infortunée mourut de désespoir à Alméria (Espagne), où nous fûmes forcés de relâcher. Le lendemain, le mari disparut de son logement pour ne plus y rentrer. Il est probable que le désespoir l'aura poussé au suicide. Après un inventaire fait de leurs marchandises et de leurs malles, dont la valeur équivalait à une petite fortune, le consul français à Alméria adressa le tout au maire de Rouen, patrie de l'infortunée famille. Le passeport trouvé dans son portefeuille le nommait Fournier (Pierre).

Le vent souffle plus fort, son infernale haleine
Soulève par trois fois le fils du capitaine,
Le lance, en tournoyant dans le gouffre profond,
Qu'une vague nous rend en traversant le pont (1),
Son corps gît à nos pieds ! mais hélas! l'agonie
L'étouffe sous son poids et lui vole la vie.
Le père, à deux genoux, le serrant dans ses bras.
Appelle en vain son fils, qui ne lui répond pas.
Le capitaine, alors, triste, sans espérance,
Bénit son bien-aimé, puis tombe en défaillance
En prononçant ces mots : pardonnez-le, Jésus,
Et comptez mon cher fils au nombre des élus.

Les flots tumultueux qui percent la carène
Arrachent à la mort le brave capitaine,
Qui se place à la pompe avec ses matelots,
Pour secourir *Léon* qui cède au poids des eaux.
A force de pomper, le bâtiment se vide
Et cède au gouvernail qui le presse et le guide.
L'espoir renaît en nous ; et cependant. la mort
Torture notre esprit et nous poursuit encor.
Notre très cher pasteur, nous bénissant, supplie
Le ciel de protéger notre âme et notre vie.
Après cette prière, un vent doux, pur et frais,
Balance près de nous un bâtiment français

---

(1) On voit assez souvent une vague emporter un objet qu'une vague contraire rapporte sur le pont.

Quatorze voyageurs ou matelots, y compris l'ecclésiastique, manquèrent à l'appel du débarquement.

Qui nous donne de l'eau, du pain en abondance.

Enfin, dix jours plus tard, nous débarquons en France,
Où, tombant à genoux, non loin du gouffre amer,
Prions pour nos martyrs engloutis dans la mer.
Que leur âme, en retour, reconnaissante, prie
Le Ciel d'éterniser la paix dans leur patrie,
Dans le cœur des humains, dans l'esprit des Français;
Pour que nonante-trois ne renaisse jamais.
Pour qu'il ne vienne plus, humant notre existence,
Etouffer les Français dans le sang de la France.
Qu'il pourrisse en sa tombe, et que son souvenir
Cesse d'épouvanter les siècles à venir.

O céleste bonté, sauvant notre patrie,
Graciez ses bourreaux, la France vous en prie.
Que la concorde, enfin, habite, à tout jamais,
Avec l'amour de Dieu, dans le cœur des Français.

FIN